吴维民——著

银杏诗传

擎天树

九州出版社
JIUZHOUPRESS

图书在版编目（CIP）数据

擎天树:银杏诗传 / 吴维民著.—北京：九州出
版社，2022.2

ISBN 978-7-5225-0787-3

Ⅰ.①擎… Ⅱ.①吴… Ⅲ.①诗集－中国－当代
Ⅳ.①I227

中国版本图书馆CIP数据核字（2021）第276553号

擎天树：银杏诗传

作　　者	吴维民　著	
责任编辑	周红斌	
出版发行	九州出版社	
地　　址	北京市西城区阜外大街甲35号（100037）	
发行电话	（010）68992190/3/5/6	
网　　址	www.jiuzhoupress.com	
印　　刷	天津中印联印务有限公司	
开　　本	880毫米×1230毫米　32开	
印　　张	8	
字　　数	54千字	
版　　次	2022年2月第1版	
印　　次	2022年2月第1次印刷	
书　　号	ISBN 978-7-5225-0787-3	
定　　价	59.00元	

致银杏"朝圣"大军

当秋天已经疲惫

把丰收挂上田头、树枝

枯黄的落叶幽幽下地

汗水浸渍的枯黄

是脸上的皱纹

是脚上的艰辛

冬天把丰收冷藏

是为下一个季节的轮回

秋天的落叶，曾勾起

多少骚人的慨叹

多少离人的清泪

亿万银杏朝圣大军

金秋来造访，潮声急

要赴欢声笑语盛宴

落叶不是你的乡愁

是你金色的梦境

或许你不知道

银杏树

是顶天立地的擎天柱

他披金挂银戎马一生

走过亿万年的艰辛

落叶不是悲秋

是为每一个明朝

铺下黄金样的路

或许你不知道

银杏树

他有数不清的美名冠冕

是几千年国人对他的挚恋

银杏树，擎天树

他有无数辉煌和苦难

在时光舞台上纷呈漫演

他优异的品格和坚守

是国人心中的铮铮硬汉

亿万年前唯一的裸子孑遗

走过极寒，走到今天

而今绿被华夏

着华服"出使"诸国

友谊花烂漫

擎天树，是擎天一柱

似坚守国门的哨兵彪悍

他一身是宝，绝不止

一身金甲奋武扬威

一地黄金让你如梦如幻

他是百姓的摇钱树

投下汗水，收获金碗

他是脱贫致富的黄金树

是流进农家的绿色财源

他的长寿让你羡慕

为你配药治病也心甘情愿

文学一边烹饪他的果脯

一边垒砌醉人的诗篇

科学剖开他的神秘

还世界一个本真画面

写给朝圣大军的"导游"话

敞开怀，娓娓说长短

银杏树，擎天树

银杏树，国之树

是农人心中的财宝

是国人心中的擎天

擎天树之序

有人叫你"东方的圣者"①

我更愿尊你为

东方的韧者

帝王曾赐封你"银杏"

我更愿叫你"擎天"

你是擎天的大树

有人誉你为"金色活化石"

我更愿敬你为

人类命运的见证史官

金色的活化石，是说

活着，你是为了

---

① 出自郭沫若散文诗《银杏》："你这东方的圣者。"

见证和守护人类的命运

用你走过的刀光血火

用你金黄的历史

用你永不言败的韧劲

用你在毁灭中重生

却又把金色希望

一次又一次播种到人间

我用带点韵的长短句

做画笔，像小学生学画

来临摹，画一幅

擎天树亿万年的坚守

画你擎天柱永不倒

人类命运，像你

一次又一次

在灾难中顽强站起

人们只记得"侏罗纪公园"

血腥和恐怖，吊足了

愚昧的胃口

真实的侏罗纪

除了恐怖的蜥蜴

独霸天下

还有你，森林的王者

你奋臂高举如云冠盖

撑起侏罗纪的天

普天下都是你的领地

你展绿裳，或披黄金甲衣

与恐怖的蜥蜴共进退

冰川，举起寒冷的利剑

要把你斩尽杀绝

你无数的兄弟姐妹

倒在大灭绝的白垩纪

恐怖的蜥蜴无一幸免

是大灭绝祭坛上的牺牲

唯有你，幸存者

熬过亿万艰辛，挺直腰

峭立在中华大地

只要一息尚存

你会把生命的种子

从华夏播种到世界

你是擎天的大树

要为未来的人类文明

撑起一片片绿荫

文明需要呼吸

你和文明同命运，共呼吸

你是生态的拱卫

你是文明的见证

你是人类文明的守护使

目录

Contents

名号篇

阅历篇

美彦篇

文学篇

科苑篇

名
号
篇

轩辕的后裔

中华文明五千年伊始

你从神农架走来

你从天目山走来

你的子孙遍访华夏

守护三山五岳属地

古人敬重你

把你的名号和轩辕联姻

黄帝尊姓公孙

公孙名号赠予你，是为

见证几千年的中华文明

是热望，是期许

诗意的解读

公种树，孙得果实

是坚守，是沉毅

是不屈不挠的意志

公孙树

撑起顶天华盖

为中国历史护航

为巍巍华夏

诉说几千年的风和雨

鸭行鹅步

古人敬重你，混熟了

善意调侃：是说

叶片酷似鸭脚子

"鸭脚生江南，名实本相浮"①

风起处，八字脚步迈开

鸭行鹅步坦然走路

庄重中还带点阔气

大风刮来，鸭脚们

东倒西歪乱了方寸

无数绿茵茵的鞋面

亮出白花花的脚底

打醉拳，乱成泥

---

① 宋·欧阳修《和圣俞李侯家鸭脚子》："鸭脚生江南，名实未相浮。绛囊因入贡，银杏贵中州……"

风折腾一阵，歪歪倒倒

不知又去搅闹哪里

你"醉"醒了

揉揉眼，哑然一笑

立刻整束行装，依旧

笔挺地站在瞭望地

御赐芳名 ①

你本山野孑遗

伟岸却也谦和本分

亿万年的坚守，只为

不让这个星球窒息

孑嗣谨小又慎微

身披素色甲胄

藏一颗如杏的仁心

只为继承先辈的蓄志

坚守最顽强的遗传基因

朝臣们为诣媚宋皇

捧起一堆鸭脚子

金殿献殷勤

---

① 明·李时珍《本草纲目》载："银杏原生江南，叶似鸭掌，因名鸭脚。宋初始入贡，改呼银杏。因其形似小杏而核色白也，今名白果。"

宋皇问：尔来何方神圣

献者有心，问者无意

若说献宝"鸭脚子"

龙颜一怒，乌纱帽落地

谄媚者的机灵，天下无敌

宝贝的甲白如银

宝贝的心美如杏

银甲美杏又富贵

称呼"银杏"最得帝王心

龙颜大悦，立即赐芳名

千年呼银杏

谄媚出传奇

你的威名是真正的传奇

贩夫走卒百姓爱你

你给他们遮风挡雨

帝胄官宦宠你

是想穿上长生不老的寿衣

百姓的赏赐

你为百姓撑起一片天

热浪翻滚时你是遮阳帽

风雨来时你是雨伞

人人都向你索取

默默奉献是你的习惯

孩子把你的果壳当乐器

大人把你的果实当补品

天下谁人不知

青城山的"白果炖鸡"

老百姓喊你白果

是疼爱，就直来直去

一千年前皇帝赐你银杏名

深宫大院你不感兴趣

五百年前百姓喊你白果

百姓的封赏你最珍惜

你为他们遮风挡雨

你是滋补，你是美食

你是药引，你是良医

一颗坚守的心

你是海岸的航标兵

为返航人指点归程

你是火魔的抗争者

火烧不垮你的不败金身

你是核灾难的挑战者

只有你，唯有你

根荄又会长出无数新枝

你是默默的奉献者

你是百姓的招财神

一身是宝，从不吝惜

你的叶，你的果

卸下的遍地黄金

都是撵走贫困的利器

百姓的白果

一条致富的路

白果的百姓

一颗坚守的心

灵眼看世界

北方称呼你白果

披一身素色的硬汉外套

捧一颗宽慈仁心

南方更喜欢你的眼睛

冷眼向洋看

天生有一双"灵眼"

从石炭纪看到侏罗纪

从恐龙大灭绝看到当今

"杏眼圆睁"，只因你

亿万年的值守

看清宇宙、星空

地球的今天和过去

看清生命世界

高智商人类、社会

永续的坚守和道义

灵眼看世界

不是冷眼看世界

多一点宽容

少一点戾气

多一分合作

少一点疏离

擎天树，要擎天

挺过来亿万年灾变

高智商人开灵眼

没有跨不过的坡坎沟渠

文人的雅号

你是家族的唯一孑遗

华夏，避难的福地

千万年的坚守

两千多年前，赋圣一支笔

把你定格在简牍上

深秋的"枰"，携手红叶

金黄和绯红的幻影

装饰皇家园林

"凤求凰"，最早为你取名 ①

上林苑有你的官方户籍

"洛阳纸贵"的写家 ②

---

① "凤求凰"是汉代司马相如为追求卓文君而写的一首著名汉赋。他在《上林赋》
中为银杏取名枰，即"桦枫枰栌"是也。

② "洛阳纸贵"典出《晋书·左思传》。晋代左思《三都赋》写成后，广为传颂，
人们争相抄写，以致洛阳的纸张供不应求，价格陡涨。

给你戴上"平仲"桂冠

携手梢櫋①圆梦境

白色的果，黑色的枣

结伴"三都"浪漫行

儒雅中透出凛然正气

你是一首

坚韧而沉着的诗

是正直的战士

是刚强的化身

---

① 梢櫋：古代柿子原始栽培种。典出西晋左思《三都赋》："平仲梢櫋，松梓古度。"

丛林卫士

道观净土你守护

离境坐忘，清静无为

佛门圣地你守护

得失从缘，心无增减

你巍然挺立丛林大院

不持枪，不握剑

为善男信女守平安

你是东方的圣树

代菩提进驻寺观

守护丛林是你的心愿

热浪翻滚，你绿荫遮天

雪虐风饕，你一身

钢筋铁骨傲严寒

只消抬头瞄你一眼

那气势，那身板

邪恶会吓跑一溜烟

善男信女尊你为"圣树"

你比菩提树还要挺拔伟岸

你是信仰的丛林卫士

你是信仰者心中的圣殿

一扇清风

盛夏，你是一把巨伞
你把身下的炎热降几度
清风徐来，千叶竞摇
扇出一个凉快的夏天
乡亲们唠嗑：敢情是
你摇起数不清的小蒲扇
一扇清风，把一份清凉
悄悄还给人间
百姓手摇一把"蒲扇"
心中惦记的不只是清凉
是眼睁睁的盘算
你给他们带来多少实惠
你给他们带来多少温暖
你能给他们带来多少
盆满钵满的金色秋天

万千飞蛾

有人说，你的叶

像展开的折扇

又像展翅的飞蛾

徘徊在梅岭边

风起处，万千蛾蝶

围着你的身子尽兴翻腾

像蜂群围着蜂巢撒欢

秋去冬来，蛾们

卸了绿褥，披上黄衫

风起处，万千飞蛾

醉醺醺跌落，簇拥着

躺在大地的床上

悠悠长眠

百姓的白果

银杏是你的雅称

有宋皇的"金口"印痕

白果是你的俗名

乡间的老少爷儿们

就像招呼自己的儿女

叫得亲切、率性

懒得跟着皇上打"雅"谜

皇爷只在金殿上看鲜果

壳如银，形如杏

金口一开，赐名银杏

怎知道白果的母亲

是华盖盈天的守土大神

皇爷若得见擎天大树真身

会不会为银杏再赐新名

子承父位是"天理"

银杏获名是"天意"

金口皇上一定很惬意

桃李杏都以种仁代树名

白色的果，以俗代雅

百姓的称呼最切题

皇帝的银杏

百姓的百果

雅俗把它们连在一起

冥冥之中

白果，或许也是

启动明天的一场亲子游戏

圣　树

菩提树，是佛教起源地

一株神圣的树

释迦牟尼在树下打坐

沐日浴月修炼成佛

菩提树是佛门圣树

佛教进华夏

菩提树喜热怕冷难跟进

只好北望神州送神佛

唐时高僧慧眼望神州

伟岸擎天大银杏

胜似菩提护法树

是东方的华夏"圣树"

热也护法，冷也护法

守护佛宇不畏寒暑

护卫佛门至今千年不朽

是菩提树的兄弟手足

而今寺也银杏，观也银杏

华夏圣树，俨然是

儒释道的专业护法树

凤姐的心事 ①

有位叫凤姐的姑娘

好学好问，有点执着

每年只见银杏结果

不见开花，岂不邪乎

村民说花害羞，夜间出阁

凤姐铁了心要看结果

夜夜蹲守树下

不见花开，只见夜幕

父母一顿暴打责骂

以为女儿春心入魔

凤姐冤，抱着求真遗恨

一头撞死在银杏树

人们怀念凤姐，都说

---

① 古时流行于湘西的一则民间传说。

银杏果就是冤死的"凤果"

夜间开花的愚人故事

让聪明扭成愚拙

我们每捧起一掬凤果

当思凤姐为求真

在每一个孤独的夜

每一夜孤独的坚守

留下孤独生命执着的求索

时髦的乡村音响

淳安千岛湖畔

"天光云影共徘徊"①

你曾久久驻足顾盼

千里岗、白际山

吹响的乐音幽远

小孩把你的种仁掏出

核壳一端开孔

一只单孔的果壳埙

在山野制造出

鸣杏仰天长啸

声音悠远苍凉

传递着没有曲谱的音符

---

① 引自南宋·朱熹《观书有感二首》："半亩方塘一鉴开，天光云影共徘徊。问渠那得清如许？为有源头活水来。"

鸣杏的歌

唱给幽远的历史

唱给远行的怀乡人

五寿星

你是擎天的巨人

无论在哪里，你都会

撑起一片天，铁骨铮铮

撑起地球的天宇

华夏，是你幸存的热土

你撑起华夏的天

从公孙轩辕直到如今

擎天树是长寿的巨人

家谱世系连绵亿万年

福泉^①的寿星活过六千岁

比轩辕还要年长一千余

你是王者，吉尼斯

---

① 贵州福泉市黄丝镇乐邦村有一株古银杏树，被誉为"植物界的大熊猫"，载入吉
尼斯世界纪录。

已请你坐上最高殿宇

长顺①的长者已过四千七百年

比轩辕只小三百岁

气概不凡，捧回一枚

世博会"千年贡献奖"

走进瑞典世界种子库

儿女们在那里坐享光荣

莒县浮来山，有一株

"七搂八揸一媳妇"②的神树

虚龄四千，排行老三

定林寺的晨钟暮鼓

岁月悠悠，从古敲到今

比老三小一百岁的四弟

躲在大划镇的屋角

默默度过三千九百年的光阴

郯城的五小弟，小寿星

也寿高三千六百年

---

① 贵州长顺县有一株"中华银杏王"，被誉为"冰川时代留下来的生物界活化石"。

② 莒县浮来山定林寺中一株古银杏树有"天下银杏第一树"之美誉。传说在古时候，有一位秀才路过定林寺，正赶上下雨，就到银杏树下避雨。这株银杏树树冠茂密、树干粗壮，秀才好奇地想量一下树围，便伸开双臂开始丈量。当他量到第七搂时，他发现一个小媳妇也在树下躲雨，他只好用手去揸量余下的长度，刚好八揸，余下的长度就是那媳妇站位的宽度，故有"七搂八揸一媳妇"的传说。

公孙家的五兄弟

是至今还健在的老寿星

宋皇赐封你们银杏名

百姓更愿喊你们"寿杏"

银杏，好看，中听

寿杏，长命，实惠

把爱窝在心里

人们都想向五寿星

索取长命百岁

长寿从来都有休止符

寿星的坚韧不拔

精神可以万古长存

金 桃

儿女们要离开你

不是呱呱坠地，而是

穿一身厚实的金色外套

沉默着，默默落地

卸了金色外套

披上骨质的银色甲衣

朝廷献贡，称银杏

帝王哪见过银色的杏仁

百姓锅里，煮白果

美食治病两相宜

一雅一俗，都是因地制宜

古人深灰浅火煨你

大快朵颐时，率性抒笔

"不妨银杏伴金桃"①

不惜用"金桃"来奉承你

吞咽金色的小桃，很惬意

金桃、银杏两件外套

喜欢哪件，把哪件穿起

你的衣衫名号太多

喜欢你的人多得数不清

都想按自己的喜好

做你的裁缝大师

诗人笔下的金桃

是口中的福气

"小苦微甘"一道菜

诗歌也能大快朵颐

---

① 引自南宋·杨万里《德远叔坐上赋肴核八首银杏》："深灰浅火略相遭，小苦微甘韵最高。未必鸡头如鸭脚，不妨银杏伴金桃。"

绿色航标灯

大江旁，海岸边

你巍然挺立，直插云天

渔民只要一看见你

渔船就像脱了弦的箭

家就在前面

你是灯塔，绿色的灯塔

不用光，不用电

不用闪光，不用色彩变换

穿一身巨大的绿色外套

不动摇，不眨眼

静静地盯着远方的海面

一心只等渔民兄弟

载着满仓幸福把家还

你是渔民心中的"航标树"

他们心中的航标塔干

是他们远航归来

最先看到的家

比家还要踏实的家园

大江旁，海岸边

远航人归来翘首望

你是绿色的航标兵

默默不语值岗怀远

神　树

尊你为神树

虔心拜你为大神

在崇仰你的人心中，你能

做出凡人捣不出的奇迹

原始的崇拜

未知可能演化成神

现代的崇拜，景仰和敬佩

也可能潜化成神

你是真实的长寿星

天目山的万年银杏

至今还焕发青春

科学说它是树

文学说它是神

不可思议的大神

原始崇拜到现代崇拜的跨越

科学不是唯一的媒人

亿万年沧桑不倒

那不是树，是坚守的神圣

你仿佛有求必应的偶像

百姓心中祈愿

盼望风调雨顺，儿女成行

爱情驮着青春来找你

希望像你的青葱叶片

永结同心，永不分离

"神树"的最大诉求

是把人不现实的愿望

变成可以烹饪的现实

摘取的剪刀是科学

不是神的意旨

先祖的墓碑

从冰川走过来

把生命铸成一颗

永不弯腰永不生锈的铁心

世世代代，你挺直腰

把坚贞不屈传下去

先祖的血脉

流淌着你的坚忍

把坚韧的根埋进土壤

让后辈永远仰视

你的遗言是擎天豪语

挺直腰，才会生生不息

后辈敬你为祖树

他们记住自己的根

他们不会忘本

他们要顶天立地

祖树，是替先祖立下的墓碑

墓志铭上写着

挺直腰，才会生生不息

祖树的墓碑上

铭刻着祖先的嘱咐

搏动着先祖的白发丹心

风水树

无论你站在哪里

山脊，寺观，村头，地埂

你是兀立云端的风水树

你的坚贞，你的伟岸

是百姓最信得过的宝树

村民为你红布加身，是为你

送上一份信赖和尊敬

你站在寺观的大门旁

是守护信仰的门神

你兀立村头，村民心中

处处有你的身影

你列阵在城市街巷

是最信得过的生态哨兵

你在抗战纪念馆组团值哨

是在守护千百万热血英灵

你是兀立云端的风水树

哪里有你望风

人和自然就会互爱互助

哪里有你放哨

哪里就有和谐安宁

风水树是希望树

是百姓给你戴的高帽

希望丰收不再溜走

希望灾害不再进门

希望把财富和平安留住

友谊长青

走进现代社会的花季

你是使者，把友善当花语

播送到地球每一处

需要温暖的土地

人与人牵手

国与国牵手

把友谊编成花篮

花篮盛满互惠和互利

诚信和友谊迈开步

走到哪里就在哪里落户

客人来，我们一起动手

把友谊种在自己家里

祈福世代友好

是客人永远的回忆

我们走出去

带着你金色的友情

把你种在主人家里

祈福世代友好

是我们共同的回忆

友谊树要长青

我们要共同来浇灌

世代友好的树

人类要用善良来培植

摇钱树

说你是财神爷进屋

绝非浪得虚名

每一家，每一户

百姓的账本收入栏

欢跳着"实至名归"四个字

农民心中的财神爷

不是望梅止渴的梅子

不是充饥的画饼

是实打实的人民币数字后面

还有多少个画饼样的零

是餐桌上的铺设

脚上的潮流，身上的靓衣

是家电的变脸、上新

沙发的柔软上，还躺着一架

微笑的智能手机

你的叶，你的实

你那伟岸的身板

都是百姓致富的钥匙

大家伙儿齐心协力

付出汗水和努力

把财神爷请进家里

公孙爷，瞧你有多神气

你可以金刚怒目，顶天立地

你也愿意为百姓致富

弯下腰，默默奉献热力

"摇钱树"，摇出致富路

你是百姓心中的神奇

阅历篇

金色的活历史

金色的活化石，是说

你亿万年的生命力

金色的活历史，是说

华夏文明从启航至今

你是还活着的唯一见证

人文初祖距今四千多年

福泉和长顺的长者

见过轩辕黄帝，是至今

还活着的两个超老寿星

见证中华文明

你是五千年伟大奇迹

擎天树要演绎的活历史

是你活着，在你身边

看到和经历的传奇

传说，是历史的口碑

文字，是刻在身上的碑志

金色的活历史用诗谱曲

用诗的旋律掀开你的盖头

把一支久藏心中的歌

深情献给你

五千年的图腾

少典之子，取公孙为姓

用居所轩辕之丘为名

公孙轩辕黄帝

华夏五千年文明起碇

因为你，公孙树

昂然挺立华夏，威风凛凛

"老树参天欲化龙

有径直通霄汉外"[1]

身后已跟来中国龙的身影

从白垩纪走来

一路腥风咸雨，把苦难

深深埋进华夏土地

---

[1] 引自北宋·黄庭坚《涂山》："涂山绝顶忆神功，亘古情形一览中。启母石迎新月白，防风冢映夕阳红。洪流匝地曾拘兽，老树参天欲化龙。有径直通霄汉外，登临无不是仙踪。"

向死而生，昂首挺立

心如磐石守护

东方最早的人类文明

太阳崇拜是因为

他给你带来温暖和生机

把公孙名号戴在头上

戴上生命永续的图腾

有太阳的温暖

有擎天柱般的守护和坚韧

你撑起华夏文明的天空

几千年风雨兼程

中国龙终于在今天腾飞

神州第一雄树

古郯大地的国王

种下一棵三千多年

"神州第一银杏雄树"

久久雄峙鲁南大门

仿佛在顾盼九州

号令众生：秋将尽

你等尽卸戎装

本尊只需一个时辰

完卸甲胄，重新披挂上阵

着装傲骨嶙峋

御风雪，再守护苍生

一小时卸完一身金甲

王者雄风誉满天下

旷世奇观，神州唯一

孔子快婿

公冶长，东周安丘奇士

孔圣七十二贤弟子

博通书礼，会鸟语

贤士进大牢，春秋刑劫

老师偏说他"非罪"

真才实学让孔圣爱怜

还将女儿嫁他做发妻

孔子探望小夫妻

带去公孙雌雄二苗子

快婿将之种于书斋前庭

尼父已仙逝，岁月

陪夫妻树披星戴月行

至今巍然安丘立

如夫妻相视而笑，相向而戏

相携守望圣师、慈父

当年目送先师周游列国

如今目送先师周游世界

让东方文明威名满寰宇

大树龙盘会诸侯

穿越时空，来到

两千年前的浮来山

莒国和鲁国国君

在你的见证下会盟

久已交恶的两国

想重新点亮和睦的友情

你为《春秋》添彩

大国风范，礼让莒子

鲁公屈尊浮来谋面

互让是互利的媒人

大树龙盘会诸侯

春秋谋篇的开篇壮举

重修睦邻友好

你是活着的历史

国无论大小，互道尊重

让友谊和互利结满枝

大树龙盘会诸侯

古时，你是善邻的最早见证

如今，你是友谊的最好传送人

凤凰于飞

秦朝的萧史善吹箫

穆公之女喜音律，好知音

梦回凤台闻箫音

"吹箫引凤"一线情

萧史弄玉成绝配，好夫妻

终日笙箫，鸾凤和鸣

一场神话中的吹箫引凤

一场凤凰于飞的大戏

笙箫引来金凤凰

相知相伴旷世知音

永相伴，结同心

凤和凰早已化作银杏 ①

雌雄相守望，从古恋到今

---

① 参见西汉史学家刘向著《列仙传》。

最美银杏树

秦汉咽喉留坝县

秦岭深处一张弓

留候张良辟谷的地方

借历史的光柱

留坝披上子房的雅装

号称大山深处小瑞士

有初汉三杰的良相造访

更有光芒四射大神树

坚守留坝四千个春秋

夏朝萌生的银杏

是最美银杏树

像一粒巨大无比的橄榄

伫立在中国最美乡村公路

雷霆山火六次延烧

把树心掏成三米大空洞

三十人可在洞府聚会

探看神树的生命幽谷

最美的银杏树

最美的公路，恰似

弯弓上挂着一幅

秦汉咽喉双醉图

杏坛遗响

紫盖山的杏坛教书堂 [①]

杏花开，银杏旺

圣人在你高大身影下讲学

向弟子口述礼数华章

齐鲁晋卫四国交界

平阴杏坛，是华夏文明

最早、最古的学堂

擎天树撑开一把大伞

挡住热浪。聆听

"弟子读书，孔子弦歌鼓琴"

一幅春秋杏坛设教图像

四国学子在此沐浴先贤教化

---

① 传说山东平阴县孔村镇的紫盖山（后更名为孔子山），孔子在此设坛讲学。现仍存在讲学遗址，称孔林书院，是为"杏坛遗响"。

涓涓儒学径流淌四方

开启春秋战国五百四十九年

诸子学派风起云涌

百家争鸣的华夏交响

杏坛延续两千多年的教化

现在依然闪耀光芒

如今，你是友谊大使

陪伴圣人满世界走访

新的杏坛——孔子学院

向世界打开门窗

传播东方文明，请世界

倾听来自东方的杏坛遗响

扁鹊手植 ^①

《史记》是一部宏大历史碑记

太史公笔下的医圣

绝非信口雌黄编故事

秦越人来自蓬鹊山

师从医家长桑君

切脉医宗名号叫扁鹊

战国医界顶级高人

如今把高人打入冷宫

公平秤没有端平，竹简说

他曾为赵鞅和秦武王治病

医圣咋活了两百多岁

史家治史最严谨

---

① 扁鹊，姬姓，秦氏，名越人，生卒年不详，春秋战国时期名医。传说陕西城固县
老庄镇村一株古银杏树，即为扁鹊行医时手植。

也是在给自己写墓碑

没有文件可查的年份

太史公也可能笔下犯困

战国的扁鹊

怎能去给春秋人治病

百姓口耳相传神州大地

墓碑和口碑的双重记忆

固城老庄镇的徐家河

神医用一双最灵巧的手

为中国最早的医道

写下最好的更正

亲手种下两棵银杏树

风雨如晦两千四百年

脸苍老，心已空

依旧年年吐新芽，果无数

唐王的护身树

西安观音古禅寺

终南山的传奇香炉

佛光普照千余年

照不透一株传奇的树

是观音在龙泉山栽银杏

还是李世民栽了这棵树

是神为复活被斩青龙

栽树显示自己的神威

还是唐王失误

让魏徵梦中误斩了青龙[①]

修观音庙，栽个护身树

守护王权不被亵渎

---

① 传说故事载于明代朱鼎臣《唐三藏西游释厄传》及吴承恩《西游记》。寓意表达：
人人都须信守承诺，背信负约的后果是严重的。

神权，用东方的菩提树

展示自己的灵圣

皇权，用东方的菩提树

展示自己的威风

神话和传说合演的故事

让古禅寺佛光耀眼

让千年银杏金身不腐

天师洞白果大仙

青城山天师洞大殿前

你擎天而立

"苍翠横铺孤鹤顶"①

义无反顾，守望

天师的道法一千八百年

当年布道种下你

你和天师成了道伴

斯人已去，你初心未改

仍在深情守望红尘

成就天师洞"白果大仙"

人们挂你一身红丝带

诉说心里美好心愿

---

① 引自清人李善济为青城山天师洞张道陵手植银杏树而作的《银杏歌》："玲珑高
出白云溪，苍翠横铺孤鹤顶。"

65

你与道同龄，凝重千百年

躯干钟乳悬挂如锥似笋

是你辛勤的顾盼

撑开参天华盖

为道法遮挡风雨

为百姓除灾消难

银杏仙子

百花潭北庄

是杜甫的课诗草堂

西望雪岭接天白

回望锦城遍地金黄

一千二百年前的锦官城

在银杏树下熠熠闪光

浣花溪和西郊河欢聚

水花飞溅深潭

恰似百花飞扬

诗圣告别草堂恰三年

西川节度使入朝奉奏章

泸州刺史乘机犯成都

花蕊夫人挺身出

代夫出征，募兵抵抗

击败乱军保锦城平安无忧

花蕊是成都人的巾帼将

赐封翼国夫人，彪炳千秋

住进杜公旧宅重建的华堂

杜公偕花蕊，一文一武

上了成都的超级名人榜

一千七百岁的老公孙

明朝挨火焚，清朝遭雷伤

孤身无助，漩口彷徨

四十年前移植百花潭

北望杜公草堂

再续锦城黄金梦想

花蕊化身银杏仙子

斜倚树干，凝眸诗王

西望雪岭接天白

回望锦城遍地金黄

晨钟暮鼓雕文心

钟山定林寺

一个东莞莒人 [①]

一个真正的文学巨人

亲手浇水把你栽种养大

晨钟暮鼓，声声叩

守护你二十个春秋佳话

巨擘已仙逝

你又来守护他

"言为文之用心"的宝典

至今有一千五百个年华

华彩文心千古颂

巨人笔，文论心

---

① 刘勰（约公元 465 年—公元 520 年），字彦和，祖籍山东莒县东莞镇大沈庄。中国历史上的文学理论家、文学批评家，著有《文心雕龙》一书。

一部《文心雕龙》横空出发

"登山则情满于山"

"观海则意溢于海"

雕镂龙文，永垂青史

年少成孤儿，沙门即家

你和他一起成才，长大

你一身的刚强和韧劲

是他终身的垂范

儒学佛学在晨钟暮鼓中

把巨人滋养大

一生未娶，文心作嫁

文学是他终生的牵挂

仕途青云不是他的归路

雕镂龙文是他心中的牵挂

归去来，重回佛刹

到你身边重聚首

唤回青春，再续雕龙嘉话

救驾树

贞观之治，是初唐

摆下的一场政枢盛宴

二郎玄武门一支箭

射杀太子兄，龙椅变脸

二郎不会忘记

汝阳桃源宫外一棵银杏树下

追兵狂追他的画面

亡命嘶喊："谁来救我！"

单通一枪却刺中公孙树

枝干坠落砸中持枪人

公孙"救驾"，唐王活命还

传说，是百姓口述的历史

隋末天下血火乱

百姓盼望改朝再换天

李世民是否赐封"救驾树"

正史不屑记录，无须考辩

百姓的"封赏"话

如江河行地，日月经天

是最实在的祈愿

救驾树，是盼望明君

驾好"龙舟"，走直坐端

办好百姓的油盐柴米

还普天下一个吉祥平安

搬经镇

一千多岁的大银杏

站在如皋"搬经镇"路边

撑起一柱大华盖

迎接三藏法师取经还

一路淫雨湿经书

树下搬出经书要晾干

搬经镇出了大名

晒佛经与银杏结善缘

玄奘西行求佛法

往返十七秋，行程五万里

每一步路都是风雨雪

每一个时刻都是艰难

不是西游记，是西苦记

是西出长安无故人

是一路餐风茹雪赴难

是为求真谛赴汤蹈火

"虽九死其犹未悔"的宏愿

用意志和坚忍扛来的真理

决不让它被风雨摧残

如今大银杏主干已中空

树上长出六根大枝干

仿佛法师晒经另有禅意

"庄严六根，皆令清静"

留下"六根清静"的偈语

是搬经镇古银杏

用肢体写出的法华经典

李白的银杏缘

蜀道难，最难青泥岭

他浩叹："青泥何盘盘"

真个是难于上青天

少年太白随父入川

成县到略阳二百里路

父子俩和银杏结伴

每二十里栽两棵，像承诺

把黄金梦幻一路铺垫

像一路高挂的航标灯

为旅人指引蜀道难

夜宿岭下琵琶寺

方丈开慧眼，请小太白

两株雌雄银杏种寺院

噫吁嚱，太白已西去

尔来一千三百载

而今秦蜀天堑变通途

锦官城吃完早点

中午到长安城赶午餐

如今蜀道不再难

艰险是风景

时间是悠闲

天上飞，山里钻

还可把磁悬浮逼上剑门关

太白手植擎天树

雌雄长相守，照关山

请披上你的伟岸雄奇

释放种树人的豪放光焰

再守华夏文明五千年

七盘岭

初唐宫闱起狼烟

七盘岭，诗人的梦魇

女皇退居上阳宫

儿媳上位，旧臣出圈

宫廷诗人遭流放

夜宿七盘岭，"芳春平仲绿"①

把银杏的美艳搬进唐诗

你是初唐第一诗官②

弥天翠叶抚慰浮客心

得近武后出生地

何年何月再回长安

残月临窗终将去

①　引自初唐沈佺期《夜宿七盘岭》："独游千里外，高卧七盘西。晓月临窗近，天
　　河入户低。芳春平仲绿，清夜子规啼。浮客空留听，褒城闻曙鸡。"

②　沈佺期是初唐宫廷诗人，与宋之问齐名。

只有满庭滴翠陪伴你

耿介一生惹横祸

宫斗株连守直道的你

发妻幼子今何在

清夜子规啼：不如归去

路漫漫其修远，南夷地

狷介此心，平仲刚直志不移

永年陪伴你去走过

七盘五曲的人生传奇

崂山双雄会

崂山太清宫，公孙双雄

雄峙古道观上千年

陈桥兵变的当年"香孩儿"

皇袍裹身已加冕

钦赐道长华盖真人

敕建道场，重修宫观

种下公孙双雄树

大智若拙刘真人

坐镇驱虎庵，为民除兽患

抛妻别子一心修炼

历史的碑志道出玄机

他"丹颜皓首，不冠不履

冬不炉，夏不扇，神色自若"[1]

一夕端坐，了化轻烟

---

[1] 参见明·黄宗昌《崂山志》。

留下双雄驻守太清宫

双雄会，仿佛要为

百余年后的全真道

开辟鸿蒙，再现风烟

雌雄长相守

曲阜，承圣门诗礼堂

两株宋银杏，一雌一雄

夫妻长相守，是守护

孔圣的谆谆嘱告

"诗"和"礼记"，是教人

说话和立身的大道理

大道风行两千载不泯

宋人栽下夫妻树

把圣人庭训挂在堂前

古人相夫教子

组成真正的合家欢

雌树生下五株小银杏

"五女守母"美名传

雄树敦厚站一旁

乐见母女朝夕诗礼相见

系围裙，把炊盏

要把"诗礼银杏"的美食

招待远方来客

请他们拂去尘琐

品尝真正的孔府盛宴

范公堤

东台富安镇，史的口碑

给我们娓娓讲故事

神说：东海恶龙作祟

范仲淹的侍童富安兄弟

勇斗海魔，重伤危毙

双剑勇插海沙丘

长出两株大银杏

众说：范公堤决口

两大将跳水堵口护堤

保村庄良田平安

百姓在决堤口种两株大银杏

为先天下之忧而忧祝祷

为范公长守爱民英灵

祈政通人和，百废俱兴

赞为官不忘百姓安危

银杏和范公堤长相守

望长堤，两相许

愿"先天下"芸芸众生

浩浩然如过江之鲫

愿与公携手，同归去

再续《岳阳楼记》最新版

为后天下之乐而乐

环球苦尽甘来，杯频举

鲁班救银杏

春秋战国，让华夏文明

旋进大动荡巨浪波澜

百家九流若繁星

照耀神州五百年

土木工匠鼻祖公输般

千里寻访鲁山文殊寺 [①]

大师和银杏喜结缘

大庙做牌匾要伐大树

砍伐大树有两难

问计"兼爱"的墨子

挂匾、活树咋能两全

掏心活树要兼爱

老墨只好请神仙

_____

① 鲁山文殊寺：位于河南平顶山鲁山县四棵树乡。

请来"神仙"鲁大师

神手大树心中大开膛

让掏心之材结成神匾

技高一筹终成神缘

鲁山银杏捐体两千年

至今还在用自己的伤痕

为鲁大师的绝活立传

汉阳树

崔颢登上黄鹤楼

不见黄鹤，但只见

萋萋芳草，历历汉阳树

不见黄鹤未必有乡愁

不见故乡草树云山

乡愁爬上心头

或许，子安已驾鹤西去

早已忘却秦川树

今人认定汉阳树是银杏

它是汉阳树的长者

伟岸英姿引游子眷顾

时光早已卷走乡愁

而今，凤凰巷披一身金碧

年寿五百三十岁的古银杏

是晴川历历后起之秀

汉阳古银杏，是众树之树

它勾起绵绵乡音

让乡愁登上黄鹤楼

第一女皇

近看淳安梓桐镇

远看花果山花果庵

一千三百多岁的公孙君

见证女首领陈硕贞

覆船山率众大聚义

中国第一个"民选"女皇

比武则天早三十几年"登基"

"文佳皇帝"要覆大唐的船

是在大唐盛世，见怪不怪

历史好像也难以启齿

浙东天降洪灾，饿殍遍地

官府贪腐暴虐无度

生灵陷入泥塘火坑

官逼民反，公孙树下举义旗

救民于水火的须眉巾帼

第一女皇终于出山举旗

攻桐庐，克睦州

义军为民渫血战官府

功败垂成"女皇"遭惨戮

血溅轩辕巾帼女

历史的碑志挥泪写

天灾肆虐，生命危殆

不忘救民于水火

苛政似虎，贪蠹如蛆

盛世不忘反贪腐

天将崩，地将坼

须眉巾帼不让伟男

江南奇女子

敢为人先，勇举义旗

方腊和银杏

方腊和"女皇"

一男一女

同是淳安人

同是造反人

相隔四百六十多个年轮

同为反苛政以身殉命

同为银杏树的历史见证

陈硕贞起事于银杏树下

方腊在银杏树附近被擒

"天子基、万年楼"

不是古淳安的宿命

是受难者的呐喊和呻吟

方十三如"圣公"下凡

一年不到，风卷残云

连夺六州五十二县

北宋江山摇摇欲坠

哦，擎天树

你见证过多少血和泪

烟雨江南，秀色醉人心

一个县为何出两个

叛逆的义军领袖

贪腐和暴政让江南失色

饥民逆天行，要亡命

选一个能让他们

安居、果腹的真天子

你见证了方腊的喜和悲

一身正气为英杰树碑

宋王朝要烧毁你

烧得了皮，烧不灭心

如今，你依然生机勃勃

在历史的口碑上

写下震天撼地的故事

闯王的脚印

临泉古城址，眼迷离

"九棱十八杈，七十二枝丫"

一千三百岁的白奶奶

兀立春秋沈子国故地

唐时后人种，悠悠故园情

明末天下烽烟起，乱纷纷

满清入关，饥民遍地

"迎闯王，闯王来了不纳粮"

盼望闯王来了不挨饿

起义军路经老银杏扎营

用白果为士兵疗伤治病

闯王下马观察、指挥

老银杏难舍闯王英名

悄悄在树根上

留下他的脚印和坐骑马蹄印

是百姓留在树根上的怀念

是闯王的声威刻下的口碑

天目山之劫

双峰有池似天眼

望星汉，一亿五千万年

"大树华盖闻九州"①

珍林奇树世界纪录之巅

铁木是地球独生子

大树王柳杉独霸瑶天

世界野生银杏鼻祖

挺立开山老殿，号称

"五世同堂"一万二千华诞

宝树镶出满山"浮玉"

时光回流三个半世纪

天目山曾两眼泪淋

---

① 素有"大树华盖闻九州"美誉的浙江杭州天目山景区为国家 4A 级旅游景区，是浙江省唯一一处加入国际生物圈保护区 MAB 网络的森林与野生动物类型自然保护区，拥有多项世界纪录和中国纪录。

满身伤痕，遭八年劫难

康熙十九年三藩乱起

山林在战火中呜咽

滥砍盗伐让天目流血

禅源寺玉林国师一声吼

"千株竹，万株松，

动着无非触祖翁！"①

法师喝止歹徒伤天目

至今珍林奇树遍山幽

"玉林护林一身玉"成佳话

似成佛门偈语临济宗

双峰有池天眼开

大树华盖依然亮九州

---

① 引自古代得道高僧的训诫语。

帝王树

银杏树在帝王眼里

上可加官晋爵，王侯封赐

下可打进地狱，尸骨无存

乾隆皇驾临京西潭柘寺

两株千年银杏迎圣仪

方丈像梁朝云光法师讲经

感动上天，天花乱坠

皇爷兴起，御笔挥

加冕"帝王树""配王树"

银杏树在潭柘寺登基

金口玉牙治国

不费吹灰之力

从来天子张口吐金言

是帝王发威的独门绝技

善男信女闻风来

为一睹玉树登基的传奇

也为讨点皇爷树的吉利

蒙冤树

银杏树受封称王

是帝王的雅兴恩赐

银杏树被砍伐株连

是帝王的恩赐雅兴

清朝文字狱

从顺治到慈禧

捕风捉影兴大狱

果然"清风不识字"

不识字就来乱拼字

监狱大门虎口开

蒙冤受难数百起

慈禧的文字狱更稀奇

不抓文人不抓文字

文字狱改版拼图游戏

醇王府一棵白果树

白字下面一个王

皇！醇王府还要出皇帝

一声号令开金口，未来的

篡位夺权"皇帝"被腰斩

古树遭难只因自己的姓氏

谗佞一幅极简拼图

是帝王的世袭游戏

银杏蒙冤尸骨无存

亘古奇冤，仅此一例

普陀山的伤痕

南海普陀山，佛门圣境

海天佛国千年普济寺

观自在普济群灵

康熙南巡刚过去十年

"海上马车夫"的战舰

就来洗劫入侵

焚庙毁山无所不为

千年银杏遭屠戮焚烧

满身伤痕，欲哭无泪

哦，你是公孙轩辕

华夏子民心中的图腾

铮铮铁骨，烧得了衣衫

永远烧不毁你的心

三百多年已经过去

你依然挺立在东海前哨

守护信仰，虎视海盗行径

你身上的道道伤痕

是历史审判台上的条条罪证

是对信仰的罪恶亵渎

是中华儿女永世不忘的伤痕

守护红楼梦

"江南佳丽地

金陵帝王州"

今日香林寺遗址

当年铁槛寺遗梦

晨钟暮鼓，早已敲碎

大观园的兴衰风流

三株银杏已熬过两百多岁

摩肩搭背结同心

组成铁三角的伤心树

依然不改守护初衷

红楼春深，故园依旧

只把万千感慨

诉与潇湘、怡红

你守护的，不是家庙

不是情山恨海、朱门酒肉

是一个时代的坍塌

是一个新时代的追梦

是作者"梦阮"的自况

是豪放、谨慎的一支笔

写下传之千秋万世

红楼的爱和恨

红楼的梦

韶山擎天树

二十世纪正当青春年纪

火炬在韶山点燃

红色火焰

照亮白色的银田寺

七百岁擎天银杏

你是沉默的历史记忆

见证三个王朝的覆灭

见证近代军阀的狼子野心

见证红色革命的火花

在你的庇护下渐渐燃起

火炬手点亮农民协会

打土豪，分田地的雷声

在你的胸前响起

你默默注视火炬手

在你的荫庇下擘画大局

农民运动的烽火

点燃韶山的雄心壮志

你见证红色风暴

从韶河到湘江北去

从黄河之滨的怒吼

到天堑变通途的长江

大江南北波涛滚

百年风雨路，大局已定

看今朝，你仙颜未改

肩上依然挑着一个

顶天立地

将军树

"两把菜刀起家"贺胡子

带着红军二、六军团

在乌蒙山和敌人绕圈子

红、白两方都尊呼他

"岳飞岳鹏举",只因为

挥舞两把菜刀的"岳鹏举"

要精忠报国,为民请命

走马镇一株银杏树下

胡子打马扬鞭,一声号令

为红二方面军万人出征壮行

一个烟斗,一抹胡须

让无数敌人胆寒心惊

昨日银杏树,为红军壮行

今日将军树,是百姓的追思

百姓把思念挂在树上

将军永远在他们心里

将军树是他们心中的擎天树

入学，入团，入伍

要到将军面前宣示心曲

耿耿丹心，满江红透

千言万语说与将军树

忠心报国，走完漫漫征途

大别山的记忆

七百里大别山

八百岁何家冲大银杏

是大别山的古老记忆

是红二十五军长征出发地

是送别两千九百名红军将士

北上抗日的"老羊倌"

红军刚出发，"国军"杀进山

"攘外必先安内"

是刽子手的杀人魔咒

刀光血火百姓遭难

乱石砸死一百四十位乡亲

血泪滚滚大别山

老银杏把笔笔血债记心间

大别山的记忆

是用血和泪浇灌

银杏"老羊倌"

是血和泪的见证"倌"

历史的碑志在呼吁

请记住蒙难乡亲的英灵

请记住大别山的血色黄昏

请记住红军为国仇家恨

浴血奋战在千山万水

韬奋的演讲

抗战"七君子"①

奋进在"救国会"最前线

在侵略者盘踞的南通县中

在古银杏树下讲演

慷慨悲歌，震天撼地

反分裂投降，要团结抗战

敌人眼皮下举起的旗帜

敌人心窝里发出的呐喊

韬奋的题字

"从实践中体验过的知识

是最可宝贵的知识"

---

① 1936 年 11 月 23 日，南京国民党政府以"危害民国"罪名，将在上海的"全国各界救国联合会"领导人沈钧儒、章乃器、邹韬奋、李公朴、沙千里、史良、王造时抓捕入狱，史称"七君子事件"。中共中央发表宣言，要求国民党政府放弃错误政策，释放政治犯。1937 年"七七事变后"，国民党政府被迫释放了沈钧儒等七人。

韬奋的心语

最宝贵的知识是

对敌卑躬屈膝可悲可耻

对敌奋起战斗可敬可期

演讲流芳四十七载，战鼓

敲响在纪念馆的擎天树前

立下碑志，勿忘国恨家仇

牢记最宝贵的实践

写下最宝贵的知识

摧毁入侵者，捍卫我家园

舍身埋忠骨

你站在曲沃的南林交村

千年不改刚烈习性

身下无数红幡系绕

是百姓的泪痕和思念

解放军攻曲沃

后方医院搭在你身边

烈士无法安息

因为缺少长眠的棺椁

百姓没有跟你商量

卸下你的巨大枝干

做成几十副棺木

让烈士安详入殓

你舍身埋忠骨

护佑英烈长眠

因为你亲眼看见过

子弟兵舍生忘死

为人民当家打江山

你是擎天的大树

无私奉献你身体

换来满天红霞灿烂

如今你已伤痊愈

依然身架挺拔伟岸

你是砸烂旧世界的功臣

为英雄烈士站岗排险

至今还挺立在曲沃

守护新时代的碧海蓝天

新四军纪念林

中州咽喉，江南屏障

淮河之滨的五彩淮南

登临上窑花果山

望千树银杏，千树林园

耳旁仿佛响起

悲壮的新四军军歌声

"光荣北伐武昌城下

血染着我们的姓名！"

八十年前铁军北上抗战

突遭顽固派"国军"血洗

"千古奇冤"：抗战有罪

怎能忘记皖南的喋血将士

出师未捷身先死

死在"自己人"的围堵枪弹

他们掩埋好同伴尸首

包扎好伤口，整装再出发

揩干泪，走上抗日最前线

"为了民族生存

汹涌着杀敌的呼声"

"江南一叶"的英雄儿女

山呼海啸一个声音

"东进，东进！

我们是铁的新四军！"

八十年腥风血雨

八十年胜利征程

千树林园，千树银杏

请记住，请牢记

血沃中华的抗战英灵

抗战纪念馆

宛平的抗战纪念馆

八棵擎天树巍然挺立

上撑着中华的天

下踏着中华的地

八年浴血奋战

八年的血和泪

三千五百万伤亡英灵

六百万平方公里国土沉沦

血和泪的数字

反侵略的呐喊

铸在纪念馆的墙上

刻在中国人的心里

八棵擎天树

刻下八年的伤痕

留下永不忘却的记忆

八棵擎天树

只有你们最配站在这里

你们是国人的脊梁

承载着历史的重负

你们是国人的哨兵

监视着来犯之敌

你们从远古走来

你们是华夏孑遗

秉一身正气

请把悲壮的八年

写进你们守护的历史

让子孙后代永远铭记

银杏之乡

五千年你鸭行鹅步走来

踏进新世纪门槛

从风雨如晦的暗淡

走进阳光明丽的新天

从走一步看一步的沉淀

到千万人为你摇旗呐喊

从自生自灭的漫步

到千万林立的子孙繁衍

无数银杏之乡进华林

历史不再荡秋千

或许五千年一个轮回

今朝银杏出彩要飞天

五千年一个盛世

银满斗，金满园

披金戴玉再迈大步

乾坤固，今朝更好看

银杏人才情满斗

只为国树巧打扮

科学人睿智把关

只为国树绣金匾

朝圣人追美心切

只为国树表心愿

银杏之乡

是财富的金银滩

银杏人要齐心抱成团

拥抱新时代，莫等闲

拓开新局面的大门

今朝银杏出彩要飞天

银杏节

银杏节，是自己的节

是银杏自己的节

是银杏人自己的节

是银杏追星人自己的节

是树和人的交流、恳谈

是人和树的攀亲、联欢

是追星人年年追寻的梦幻

是市场挤在人和树之间要价

是科学站在树和人之间蹲点

是人和树在论坛上拉开嗓门

是在项目招揽中各聊各的天

是舞台上唱的和跳的在较劲

是人才引进在桌面上掰手腕

是乡村振兴再铺一条黄金路

是小康致富路上的节日狂欢

银杏节，是自己的节

是银杏自己的节

是银杏人自己的节

是银杏追星人自己的节

盛世银杏

新世纪，新时代

背负五千年生命图腾

走进今日银杏盛世

那县开出二十里古树长廊

这县劈出六十里观光路

那厢种植五百万棵

这边栽下一千万株

盛世银杏，在中国

要走新时代的新征途

甩开双臂，迈大步

以前出口卖资源不归路

现在要走高附加值终端路

科研要走多学科牵手大干道

不走懒人的低水平重复

聪明人一窝蜂都搞提取液

再聪明的银杏也会变糊涂

让"银杏研究院"蜚声中外

成为银杏的最高学府

让黄酮、内脂扮靓

让十七种氨基酸站好队

让三十种微量元素秀肌肉

这么好的家当

这么大的场面

这么雄伟的新时代

银杏人，一棵耿耿银杏心

要有不负孑遗先祖的承诺

要有擎天柱的胆魄气度

要有百折不挠的拼劲

为盛世银杏再加冕

描绘一幅银杏盛世美图

我们和银杏牵手

我们和银杏牵手

跨进新世纪的今天

新世纪已经成年

请戴上新时代的成年桂冠

我们和银杏一同成长

产业要做大做强翻番

学习银杏的坚忍和执着

要自立自强，勇于奉献

我们和银杏一同成长

乡村振兴的重担扛在肩

困难是路途的风雨

失败是道路的坑堑

我们和银杏一同成长

挑起新时代的重担

创新和智慧是希望

希望叩响银杏人的心扉

我们和银杏牵手

跨进新世纪的今天

新世纪，新时代

明天比今天更灿烂

巡阅当今

轩辕一路陪伴你

走过五千年的尘路

走过风雨如晦

走过云淡风轻

你跨上世纪之交的战马

一骑绝尘，风驰而去

山川大地遍布你的繁荫

你在城市排兵布阵

到处可见你的生态哨兵

你是乡村的经济发动机

银杏人注入汗水

开动勤奋和智慧的机器

财富喜滋滋溜进农家账本

现代人想跟长寿签合同

做梦也想打开你的延寿秘门

医药走出"本草"老家

把你请进现代科学大厅

把"一身是宝"装进试管

筛出多少医用宝贝

济救众生是你的本意

你的亿万崇拜者，每年

要到你身边来追美，买醉

"银杏朝圣大军"，已成为

跨世纪的旅游热词

盘古开天地到如今

你终于有了自己的节日

银杏人是你的贴身护卫

朝朝暮暮把你牵挂

朝圣人是你的粉丝、杏迷

你是旅游文化擎天一柱

撑起金色雅游新天地

你播种文明，播种友谊

微笑的友谊之花

开到天南地北

落户友邦睦邻

新世纪二十一岁正年少

着装新时代正当时

银杏家族和银杏达人

在小康路上互道恭喜

银杏人把小富搬进新屋

全国无数农友也喜迁新居

新时代，银杏追梦已成真

请把锃亮的小康奖牌

挂在新时代的胸前

刻进新时代国人的心里

美彦篇

国之骄子

你是唯一，唯一的

现存最古老植物孑遗

你是唯一，唯一的

现存最古老裸子植物

一科一属一种的唯一

你从二叠纪走来

在岁月的长河中

带领水杉、珙桐、崖柏

赶路的一众小兄弟

走过一路冰雪

走过一路风雨

侏罗纪的天幕下

你和恐龙分霸天地

北半球处处有你家园

大冰期是你噩梦的开始

万物凋零，地球垂泪

噩梦还在向赤道推移

恐龙灭绝，无一生还

你的子民多已举家罹难

不！在华夏群山

你用坚忍找到了温暖

二叠纪保护孕育你

就是要你将来立地顶天

你在华夏立脚生根

就是要你把百折不挠的精神

在华夏的热土传遍

从公孙轩辕启蒙

五千年文明你亲身历练

举国万千灵树，是你

让神州华彩，层林尽染

你是国之骄子

在守护中华万里河山

坚　韧

你走过亿万年的路

走过狂风、暴雨、冰川

走过雪虐、火海、雷霆

走过核爆，走过刀剑

你曾掩面而泣

你曾家族蒙难

你走过亿万年的路

而今，终于走出

天倾地覆后的风光无限

你的心坚如磐石

视灾患如过眼云烟

大火，烧得了你的眉毛

烧不毁你的躯干

寒冰，冻得了你的皮毛

冻不了你坚守的心愿

雷霆，砸得烂你的躯体

砸不断你顽强的根蔓

雪虐风饕剥下你的黄金甲

你一身钢筋铁骨站岗

依然挺立人间

你坚如磐石，韧而不断

亿万年的坚守

亿万年的历练

华夏的天空

因你而壮美

因你而光鲜

华夏的子民

继承你铁肩担道义

继承你棘手写千年

华夏的承诺

坚韧是我们的骨血

坚韧是我们的铁胆

刚直不阿

无论你在哪里

你都会迎风挺立

无论你在哪里

你都会高举双臂

向上，向上

要托起厚重的天宇

你是国人的擎天柱

你是地球人的擎天柱

刚强、正直的血脉

不断向世界延伸

你的身板不歪斜，不弯曲

个个刚劲、正直

正直向上是你的行事秘籍

不弯腰，不信邪

是你天生的个性

亿万年的日月精华

打造你刚直不阿的脾性

无论你在哪里

只要一从大地崭露头角

你就肩负神圣使命

无论你在哪里

你都会高举双臂

向上，向上

要托起厚重的天宇

天塌了，地陷了

刀光血火，风雪雷霆

你都会迎难挺立

你都会举起双臂

你都会托起厚重的使命

勇　毅

你站在那里，一站

就是几百年，几千年

你和亲爱的国土结伴

守护在那里，一守

就是几百年，几千年

你把根深深扎入泥土

站牢，站直，丹心如磐

你有百折不挠的韧性

你有刚正不阿的血性

你有勇冠三军的秉性

狂风来袭，你千扇摇漾

就只一哂，把尘灰抖尽

暴雨来犯，你不用沐巾

酣畅淋漓，好一展新姿

狂雪骤降，你卸下金甲

戎装素裹，更威武无敌

狞雷猛劈，你偶失肩背

来年春暖，又再发新枝

核灾弥天，你身躯化尘

几年春蕴，又出土重生

冰川祸起，你送走一众兄弟

强者自强，你依然迎寒傲立

你秉性不改，矢志不渝

勇毅，那是因为你挚恋着

华夏的每一方每一寸土地

勇毅，那是因为你牵挂着

华夏的每一地每一处生灵

奉献倾情

坚守热土亿万年

坚守华夏五千年

守护地球生态

守护人类文明

鞠躬尽力，忠心赤胆

脚踏大地，头顶蓝天

一代代，一年年

守护人类和地球温暖

你没有一点私心

尽其所有无私奉献

你的叶，你的核

你的花粉，你的躯干

一身是宝温暖人间

美食可以饱人口腹

入药可以医治病患

世人追捧在你身后

拉起长长的产业链

你从大冰期艰辛走来

二氧化碳消失的灾难

科学已经牢记心间

三亿五千万年后的今日

科学已经成年

植树固碳，为地球降温

预防高热的地球新灾难

生态灾难在煎熬人类

请你站出来，站出来

站在抵御灾害的最前线

金色活化石，是你的美誉

历史长河你最有发言权

你守望华夏文明五千年

光照日月，永驻国人心间

友　善

你是长者，一树擎天

天不塌，与邻居共安危

你从不好为人师

与丛林兄弟共进退

挺直腰，只为攀高望远

观天下动静，守一方安宁

风来了，有杨柳先报信

雨来了，有荷叶先发声

邻居们各显武德

乐融融和衷共济

你从不居功自傲

友好相处，胜似兄弟

一个谦谦君子

只为带领一众弟兄

守好国门，管好家底

奏响家与国的和合交响曲

你是华夏的骄子

你是华夏的使君

走出去，把友谊种到远方

让邻国看到你

满枝满叶开出的善意

你是世界的友谊树

血脉里流淌着，来自

古老东方的友善和情谊

世界大家庭需要你的温度

把冷漠赶进灶膛

把霸凌葬进火狱

立地金刚

有人赞你"巍峨的云冠"

云冠似华盖

天大华盖，古时

只是帝王车上的一把雨伞

天大华盖，如今

在百姓心中

是满脸豪气，一柱擎天

一身云霓搏动着

擎天树的赤子心愿

你站如立地金刚

挺拔伟岸，挺直腰

臂膀直插天宫紫微垣

你刚傲，肃寂而又超然

一心只为撑好一片蓝天

时令给你穿上华服

岁月为你巧打扮

春来早，不争先

百花露芽忙争春

你才披上翠绿衣衫

威猛的武士

也有春天的眷恋

当知了在你身上唱歌

你已披上武士的戎装

披上深绿的铠甲备战

秋已深，天已凉

你换上一身黄金甲胄

双臂擎天，瞩望河山

金刚怒目一身胆

时刻准备战极寒

冰雪施暴，恶风怒卷

你索性卸下满身金甲

傲骨嶙峋，赤膊出战

把残冬踩在脚下

铙歌声中浴雪还

华 服

山海搏击的威猛武士

识得人间烟火地

懂得四季打扮入时

大地复苏了，还有睡意

横戈跃马战冰雪

春天还躺在梦里

武士醒来忙着装

穿一身暖翠衣衫

春心摇漾眼迷离

热浪翻滚蒸烤大地

换一身深色戎装

打开撑天大伞

让自己的领地五度降温

与乘凉人同甘苦，共云霓

秋风劲，警号鸣

脱下华服再披黄金甲衣

守土安邦尽一份责任

武士的华彩,分外绚丽

雪虐风饕冬已深

像冬泳人搏冰击雪

你卸下金甲,赤膊上阵

在冰天雪地傲然挺立

你是强者,伟岸高峻

四季不改华服

常年不变初心

你有一颗

雄视前方的赤子之心

雄秀传奇

雄直擎天的身板

威武不屈的脾性

道不尽的风雨人生

书写撑天拄地的传奇

雄视天下亿万年

丹心矢志不渝

诗人眼里

你用鸭脚走路

蹒跚而行，有诗的雅兴

百姓眼里，你深耕大地

撑住天，迎风送雨

恋人眼里

你羽扇纶巾

轻风中摇着百千折扇

在书写武士的情诗

勇士眼里

狂风暴雨倾泻

风声，雨声

你千扇咆哮，声如沉雷

大雨如注却又酣畅淋漓

游人眼里

你抖落一身金甲

遍地都是诗

你是雄冠天下而又神秀如斯

你是亿万年练就的雄秀传奇

文学篇

君子"枰"

司马赋圣一支笔

第一次把你送到

西汉上林苑皇家园林

你的雅号叫"枰"

谦谦正直一君子

西晋左太冲一支笔

夸你躯干直冲天宇

"太"不为过，取夫中

"平仲"才是你的流行雅语

你早早在名家笔下现身

走进诗情画意

多少文人学士为你

慷慨激昂，述怀逸兴

你的挺拔是文学的身姿

你的坚韧是文学的骨气

你满身的豪情和坚持

是送给人类的厚礼

文学因你而精神振奋

晦暗和色趣成了垃圾

文学因你而气宇轩昂

担一肩正气长歌中行

文学因你而神色正定

阴秽挡不住你一缕光明

谦谦君子一支笔

从古写到今

写过金戈铁马

写过断桥遗恨

写过哀啼的子规

写过雪里煨朱提

今朝更好看，写一出

亿万人的深秋朝圣大洗礼

七盘岭情思

赋圣第一次把你搬进大赋

放逐人第一次把你搬进唐诗

你初识人间烟火

第一次会见的却是流放人

千里流放，两行热泪

子规哀号，一声声"不如归去"

骦州路遥生死未定

子规哀号，一声声"魂归故里"

宫廷诗人是宫斗的牺牲

诗人的正直是和你同根

清夜的哀婉过去

你把芳春的暖意送给流人

你用坚忍和无限生机

融化失意浮客的心

勿忘七盘岭平仲君

诗客遭贬谪，君子也伤情

此一去，关山万里

道一声尊重

重关漫道风雨地

待晴日，携子规

再回长安故里

华屋脊梁 ①

诗佛造华屋

文杏担大任

此文杏非彼文杏

同名异株不攀亲

杏树的异端也叫文杏

是打造家具首饰的精灵

擎天的文杏树，曾是

孔子设坛的大银杏

唯有坚挺彼文杏

才能担当华屋大梁重任

诗佛独坐"文杏馆"

佛意诗绪两相宜

---

① 　出自唐·王维《辋川集二十首·文杏馆》："文杏栽为梁，香茅结为宇。不知栋里云，当作人间雨。"

仕途跌宕酿出诗情画意

祈愿栋里禅化烟云

化作人间吉祥春雨

"诗中有画，画中有诗"

唯美摩诘天下绝

山水田园，美轮美奂

一千年再难出一个

用语词画画，用色彩写诗

乐与山水同衾共眠的人

一树擎天 ①

光山净居寺一柱银杏

让苏学士流连忘返

头上一把绿荫蔽日伞

读书，可以皓首穷经

著文，笔润满天金桃

要写出金桃般圈圈点点

一树擎天的文字

做事，为百姓纾困

也要顶天立地站好岗

灾年，宁可把修官舍的钱

买米赈济百姓度饥馁

苏公堤，安乐坊，运河浚

---

① 苏东坡为河南光山县大苏山净居寺的银杏树题词："四壁峰山，满目清秀如画。一树擎天，圈圈点点文章。"

你想为百姓营造天堂

为人，进退自如宠辱不惊

"老夫聊发少年狂"

担日月，一生豪情

一树擎天，万物滋润

你是苏子心中的擎天树

你是国人心中的擎天树

你是世界心中的擎天树

双银杏^①

少时"误入藕花深处"

藕花之神怀春，词冠古今

"一剪梅"剪不断的是

相思和离愁

流离苦，丧夫痛

千年难出一个"李三瘦"

双银杏，当是雌雄同携手

玉骨冰肌共连理

明皇太真飞天梦

并蒂连枝情意最稠

双银杏，应是雄秀共衾梦

伟岸高峻英雄肝胆

难掩胸中柔情浓

---

① 出自宋·李清照《瑞鹧鸪·双银杏》。

秀外慧中雌银杏

巾帼不让须眉多情种

依然一颗刚烈心

婉约宗主的"双银杏"

是写不尽的相思

是剪不断的离愁

银杏王

御笔提写的"银杏王"

不是真正的王者

乾隆要在大觉禅寺封王

谁敢说它只是王的小老弟

宋皇钦赐的雅名

走过七百多年的风雨

总算得到大清皇室的书证

金口、御笔雅名的迭代

不是皇权的威仪

是你经天纬地的能耐

皇权也要敬你三分

"世外沧桑阅如幻

开山大定记依稀"①

你的伟岸、高寿和正定

权力也想来笼络你

你的每一棵树影

都是百姓心中的王者

朝圣大军冲你而来

是朝着初冬的你

满身金甲亮佛门

是朝着冬深的你

不为王者，只为

黄金铺满大觉寺

---

① 清代乾隆小住禅林寺，见古银杏树巨冠参天，为其雄姿题诗："古柯不计数人围，叶茂枝孙绿荫肥。世外沧桑阅如幻，开山大定记依稀。"

银杏歌

罗列青城百八景 ^①

但不知你排在第几名

善济天师洞唱银杏

诗老的歌讴数第几

一曲七律歌，唱你似醉非醉

身高白云溪，苍翠孤鹤顶

在你身下一徘徊

夏天也得打冷噤

说你高洁，凌霜傲雪绝尘氛

说你躯干，似虬龙怒飞

说你运势，像尺蠖伸屈

说你风姿，犹作云霄舞

---

① 引自清·李善济《银杏歌》："天师洞前有银杏，罗列青城八百景。"

说你气派，如龙蟠岩谷

问你高寿，听空谷足音

久盘桓，长太息

一首银杏歌唱了一百一十年

从宣统二年唱到如今

告善济，慰先辈

"天师洞前有银杏"

抒臂托高天

"苍翠横铺"一千八百岁

今日唱罢《银杏歌》

明日再续锦绣天府吟

最好马路树

《太白》初刊"银杏树"

八十七年前"克士"一支笔

为神树从头到脚描新图

幼树是座塔

大树是把伞

侏罗纪老人

家在中州住

大年夜后晌开花是瞎编

春末扬花不露声色才是正路

叶子是"火扇"

从夏扇到秋

那时马路绿化有甜也有苦

洋槐生槐蚕，悬空，坠地

悬铃木虽好又生毛刺虫

银杏树叶密，遮阳，好看

不生虫蛾扰行人

雌树只生白果还饱口腹

是最好的都市"马路树"

周建人八十多年前的愿望

如今已长成城市的护身符

满城披挂黄金甲

绿衣甲胄守护一方生态

是当今最好的都市行道树

国树先声

《凤凰涅槃》一把火

要烧毁一个旧制度

《女神之再生》，要造一个

浴火重生的美丽中国

凤与凰同歌二十年

《屈原》登上山城大舞台

爱国有"罪"遭陷构

汨罗清水沉冤魂

耿耿丹心向谁诉

郭沫若终于动情发声

"银杏，我思念你"[①]

因为"你依然挺立着

在太空中高唱着

① 参见郭沫若散文诗《银杏》。

人间胜利的凯歌"

因为你是"东方的圣者"

一定能打败入侵者

因为你是"有生命的纪念塔"

永存鲜活的人文记忆

"你应该称为中国的国树"

"国树"的吁请山呼

八十年前就已先声夺人

郭沫若为银杏人文

周建人为银杏科普

一个要种生态行道树

一个要立神州国之树

写给银杏的信

——读赵卫东《致银杏》^①

《致银杏》是一封信

没有收信人收信地址

是写给擎天树的

一封公开信

公开信公开十六年

是当代人写得很好的

一首银杏诗

是当代人献给银杏的

一曲率真和赞誉

静默而岿然的你

把雪虐风饕和云淡风轻

当成你日常的工作巡视

---

① 《致银杏》原载 2006 年 7 月 22 日《人民日报》。

春来早，晚起身

树们争春你不急

夏秋天是你的忙季

打一把伞是为百姓

抗暑热，挡风雨

金风为你脱下满身珠翠

与民同乐拾捣遍地黄金

朔风起，万木枯

你傲骨铮铮兀立

把极寒踩在脚下

只等待下一个季节回春

啊，你见识过多少

风雨雷霆，刀枪火阵

"你一身的伤疤"

一身都是英雄的诗

《银杏歌》描绘打扮你一百年

《致银杏》赞你精气神十六春

天下名树何止亿万

你何能何德，担此殊勋

尔来一亿七千万年

历尽艰辛，孑遗至今

卓立华夏，高山仰止

美颜、美德又美行

从渊古坚守到如今

你是国人心中的国树

你有一颗顶天立地的

耿耿丹心

歌德的缘分 ①

歌德的二裂叶银杏诗

是从东方走进他家的传奇

小小一片银杏叶

令西方的他惊讶不已

一片叶像两片合在一起

叶端的裂口

恰似他和老伴的两个分身

夫妻又紧紧结合成一体

来自东方的神秘启示

美好的姻缘

你中有我，我中有你

但又保持二裂叶的距离

二裂叶的文学，还须

---

① 歌德著有诗歌《银杏》。

攀上二裂叶哲学的高枝

还有许多来自东方的神秘

阴和阳，爱和恨，生和死

歌德或是难以写出

二裂叶的对立和统一

他已驾驶文学之舟

用来自东方银杏的一片叶

打开哲理诗的一扇门

科
苑
篇

聚宝盆

壁立擎天

你是威武的战士

载誉归来

你满身冠冕珠翠

烟雨人间

你风华五千个春

百姓心中

你是送宝的财神

财薮地，偌大一个聚宝盆

你和百姓同命运，共连理

你的叶，你的伢仔

你的皮，你的金粉

样样都是百姓心中的钱袋子

样样都是文人心中的芳草地

脱贫攻坚，有你的功劳

小康致富，有你的殊勋

落叶坠地，有人黄金买醉

微风乍起，有人美丢了魂

世间多奇趣，费心思

枯枝败叶也要走进聚宝盆

封你摇钱树致富树发财树

是你送给百姓的真金白银

金色的叶，白色的果

全是他们心中的财运

中国的银杏树聚宝盆

霸占全世界七八成

农民的钱袋子装的是

满树锦绣，遍地黄金

乡村振兴

乡村兴，国家兴

"文杏栽为梁"，言为心声

屋之梁，犹国之梁

乡村不凋敝，振兴担大任

银杏之乡挑大梁

别说擎天树没脾气

城里站岗是为城市生态输血

为城市穿上挺括外衣

乡间大兵团列队布阵

是让乡村穿上赛跑的征衣

振兴乡村是要向城市取经

是让乡村和城市比肩

把城市和乡村放上同一天平

银杏之乡担大任

别说擎天树少志气

亿万年凄风苦雨走过来

肩上扛的就是一筐意志

一树擎天可以傲视环宇

一身是宝可以温暖大地

擎天树下厉兵秣马

振兴乡村还看

银杏树下的英雄儿女

颠倒的财富

早些年，我们学走路

树上的财富傻了眼

我们的银杏占世界一大半

收割的财富只有指甲尖

我们卖出的树叶堆成山

买回制剂药的钱堆成山

我们贱价卖原料

他们高价卖药片

颠倒的财富

擎天树都看怒了眼

此等买卖，百分百

活脱脱富豪欺穷汉

学学擎天柱的硬气

这等账本咱不再翻

市场不认爹和娘

只认铁面无私的裁判

叶的提取能耐自己捣鼓

咱的低酸提取术要翻天

把颠倒的财富颠倒过来

卖叶卖药得看卖家喜欢

请来高科技当掌柜

让每一片叶都能赚大钱

贱卖高买的勾当

赵公元帅也会辞职不干

把颠倒的财富颠倒过来

颠倒过来的财神爷

只认智慧和热汗

得自己亲手捣鼓发狠

逼咱的银杏下金蛋

良 医

擎天树对着我们的耳郭

语重心长话当年

你们死亡人数的四成多

心血管病是罪魁祸端

我身上的果和叶

都有治病的药源

治病的功效多多

就看你们会不会提炼

我的身子骨经历磨炼

吸日月精华亿万年

早已是铁打金刚铜铸罗汉

侍弄我，还得看你们

"公式化的知识"有多尖端

神奇的擎天树，是大自然

给我们最宝贵的赠勉

治病的良方长在树上

看我们善不善于精研

擎天树是生命的卫士

是开设在树上的医院

看我们善不善于筹措

把良医请进社区大院

银杏书记

植根沃土，独钟情银杏

银杏刚毅坚忍的品格

令他肃然起敬

出任呼家庄领路人

用银杏撞破贫困大门

用银杏坚强的秉性

用银杏的真金白银

用银杏铺天盖地

百姓叫他"银杏书记"

财富说他十分般配

银杏说他一心为公

做自己的代表没异议

为百姓脱贫致富

流出的是智慧和汗水

"吮一口白露，食一把黄土"

像擎天树那样坚守劳累

"银杏书记"是真金白银

百姓爱他，是因为

他把百姓当亲人

银杏爱他，是因为

他是银杏和百姓的搭桥人

真财神

财神爷一身是宝

真财神，绝不虚张声势

每个句号后面都有生意

看身板，高朗伟岸

无须刻意打扮修饰

也敢披挂金甲

千里走单骑

而今有多少撑天老帅

驻守山川平畴

天各一方，独树一帜

追星人千里奔袭

为一睹雄姿不惜金币

城里站哨，两路列阵

岁已深，着装换秋衣

一待卸下遍地金甲

朝圣大军如约而至

人人掏钱买心醉

你每一枚叶子都是良药

药业兜里揣满白花银

看伢子，穿一身外种皮

多奇技，还能驱赶自由基

儿孙满堂秋意深

每一粒百果都是小宝贝

祛病回春还送营养

自古就是病人商家座上宾

看传承，你的续命雄性

花粉传序满天飞

不传序，也要当一名

施惠于民的非等闲之人

长寿、健康看父辈

子承父志广济众生

服"松黄"，陪你三生有幸

一身是宝，真财神

绿色银行

果农心中的绿色银行

是一片绿色的树林

他们把绿色存进去

他们把汗水存进去

他们把希望存进去

银杏的"命相"自带福气

满身披挂真金白银

把真金白银存入银行

取出的利息就是小康富裕

银杏人数钱乐开花

心中自有好算计

银杏书记微微笑

揩了揩额头上的汗水

绿色的银行生产氧气

绿色的银行凝聚肥沃大地

绿色的银行为社会储存

无污染的绿色人生

大联欢的脸

在每年的金秋季

人和树的大联欢

银杏劳累一年，卸下靓妆

让收成把秋天盛满

人劳累一年，换上秋装

让盛满的秋天走进大联欢

一年一度聚会

是汗水和欢笑的握手

是失败和成功的苦恋

是科技和守旧的较量

是富裕和贫穷的鏖战

一年一度聚会

是年终大盘点

文化搭台，经济唱戏

一唱三十年河东

文化为经济呐喊

再唱三十年河西，大反转

经济搭台，文化唱戏

想借力明年经济再冲前

银杏文化节遍地开花

搭同样的台，唱同样的戏

大联欢若变成千人一面

不变脸，好看也难看

差异化发展

永远是制胜的宝剑

穿上地方特色的华服

才是强磁场加强吸盘

银杏文化节有一千个

就该有一千张

银杏文化节自己的脸

朝　圣

人生的末尾，人老珠黄

一生老去只有一次

树老叶黄，一年只有一次

人一年一年暗中消耗自己

树一年一年明里更新自己

人一年老一次

下一年又长出苍老

树一年老一次

下一年又长出青春

人龄树龄不在一个档次

夕阳无限好

是人生的歇后语

一岁一枯荣

是树们的潜台词

年青朝圣大军滚滚来

在银杏的枯黄中寻找美丽

老人也在银杏的枯黄中

寻找年青的脚迹

人们都在美丽的枯萎中

寻找失落的自己

枯黄的皱纹

叶的枯黄

是一种年轮美

碧绿的青春

枯黄的皱纹

朝霞美，夕阳更美

假如银杏叶是三五零落

随风而去，悄然无声

假如没有金甲武士

满街满场列装布阵

假如没有遍体金叶坠落

何来千军万马掘金人

又道是

一年一度夕阳美

朝圣人总不忘花钱买醉

千里寻香

年轻人钟爱夕阳美

老年人追梦夕阳红

年轻人把夕阳美关进相机

老年人把夕阳红藏进心里

银杏一年一度换装

穿上青衫，脱去腐朽

千里寻香千年银杏树

生命的前方没有尽头

长者只求健康旷达长寿

少者只求稳健豪迈无忧

千年银杏有千里缘

是地方的人脉、宝库

只需精心护卫关照

引四方游人来打卡寻游

千里寻香千年银杏树

活的长寿图腾

是乡土长寿的财富

银杏之旅

银杏节打的是"歼灭战"

产品登台，信息呐喊

科技扬威，交易鏖战

项目短兵交手面对面

招兵买马，广揽人才

舞台笙歌，广结善缘

三五天，毕其功于一役

把经济和知名度打上天

银杏之旅是游击战

三五月都在打的麻雀战

旅游做得好，撑起半边天

三五成群，七八组团

战略战术要得当

麻雀也能飞满天

长寿美颜青春是战略

琳琅满目战术任你选

锦囊妙计无论多炫酷

要戴地方特色美衣冠

让游客驻足乐而忘返

民俗美食是留客宝典

诗书画舞别一个面孔

要挖空心思学会变脸

你演《大闹天宫》

我演《水漫金山》

差异化是专演我有你无

看了现在还想瞅明天

银杏之旅是战略战术重构

不要今天总是和昨天见面

工艺屋

银杏的坚忍和刚毅

让我们感动、敬佩

银杏的财富和华丽

让我们心动、沉醉

文学品尝他

诗歌哼唱他

科学解构他

产业挖掘他

旅游热恋他

工艺却冷淡他

为银杏造一间工艺屋

用工艺为银杏重塑金身

二裂叶的挚爱

洁白的外套，金子样的心

表里如一的爱

可以造出多少工艺的故事

坚挺而长寿的身板

有多少中老年在记挂

买了银杏的滋补

还想买银杏的记忆

寿星树让他们更神气

少年郎买精神，买骨气

把失败翻过来

就是成功的游戏

老中青都是工艺品的羁客

只看你创新的大脑

神奇不神奇，神气不神气

许愿树

几千年在华夏的坚守

国人崇敬你坚贞的气节

二百零六年前你西渡莱茵联邦

歌德发现你的又一个秘密

二裂叶的形象意味隽永

像"两个生命合在一起"

为了爱，彼此相守永不分离

来自东方的许愿树

是东方坚贞的爱情

气节坚贞，爱也坚贞

请记住，要许愿

最好的许愿树是银杏树

银杏的坚贞重诺和永命

是许愿人最看重的心愿

合体的二裂叶

银白金黄白果心

牵动无数为爱相守相许

信誓旦旦，芳心不移

最好的许愿树是银杏树

请牢记，银杏树

中国最好的许愿树

青春为爱许愿

苍老为长寿许愿

事业为成功许愿

怯懦为顽强许愿

银杏人，一心一意

为银杏的多子多福许愿

请为最好的许愿树

立下口碑，写好世传

现代人的许愿

是美好意愿的表达

是意志坚定的检验

是人和树的秘密联欢

全球盛典

中华大地的银杏节

像芝麻花开情满园

一茬比一茬多

一节比一节高

中华大地的独苗种

中华大地的独苗娃

几千年风云成气候

财富文化长成根深叶大

盛典诉说心中的乐

节庆开出心中的花

每年跟银杏的热络约会

为明年的幸运开挂

我们的东方幸运使者

友谊大使出使多国

带去东方的问候和对话

邀约近亲远邻

把异国的友情接回家

银杏誉满全球，香飘四海

"国际银杏节"是一个大节日

泰兴五·九"无公害白果"美誉

是"国际银杏节"的开篇话

银杏全球盛典

在东方拉开大幕

让友谊和友谊握手

让友谊跟友谊对话

银杏全球盛典

是让全世界的银杏人

把友好、合作、共赢

聚起来，聚起来

聚成互相交流的家常话

聚起来，聚起来

聚成一个像银杏那样

自强和合务实友善的新家

把科学请进大门

银杏之乡，遍地黄金

要靠巧手和智慧来拾取

当初卖叶卖果子

为小家、大家操持生计

卖出睡梦中的黄金

收回来的是喂饱肚子的粮食

把贫困赶出门去

如今要把富裕请进家门

还得动脑子，费心思

卖出去黄金叶，换回来充饥粮

那是不得已的原始累积

卖出去叶子，收回来

是高得离谱的提取液

虽然现在不犯傻

这液那液咱也来提取

魔高一尺，又来炒制剂

道高一丈，请启动

擎天柱的意志和坚忍

把科技请进"大家"的门

多学科拧成一股绳

拽住魔道的命门

是让大科学真正发声

站在世界的大风口

演一出呼风唤雨

演一出魔与道的终极较量

演一出财富的乾坤大挪移

自洽、借光与共振

科苑中的银杏树

仿佛在走三条路径

从《本草》走到今天

学人让银杏走进实验室

自己证明自己正确无误

让银杏的优秀

变成社会大众的诚信

自洽的路，从古走到今

二十世纪是科苑暴发期

多学科方法悄声潜入银杏

逼出黄酮、内脂、聚异戊烯醇

还有氨基酸、微量元素

都来登台唱大戏

借力他山石，攻银杏金"玉"

新世纪，新时代

银杏需要扮靓的实验室

越高大要越谦虚

借力他山之石的法槌

还要再取他山的美玉

多学科联手共振未来

是新时代的期许

银杏科苑之花最艳丽

跟多年风雨同舟路

水杉、珙桐诸兄弟

有没有共结连理新路子

银杏和文化可以相配

跟其他学科可不可以攀亲

学科的交合

从共振走向共赢

打开思路，开阔新天地

银杏的社会学意蕴

银杏的地质和地理

银杏的经济和营销

银杏的数理化本底

银杏的医药学交叉

银杏的社会生态发微

新时代银杏的科苑路

需要和大科学共振

诗说银杏

诗人的天马行空

字眼跳动，可以豪放不收

科学人需要理性和实证

探索创新也要规矩从容

诗者的字眼跳动

只敢用带点韵的长短句

巷议银杏的前世今生

华夏银杏树的分量

占世界总量七八成重

"银杏大国"的身价

要靠银杏人来筹谋

市场要握在自己手里

产业应当走在前头

生态扩容没有句号

科学创新没有尽头

文学不能没有创意

文旅创意不能有休止符

科学的百团大战，将打开

擎天树最幽深的门洞

人类需要坚守创新

科学永远不会生锈

盛　宴

你的羽翼丰满，铺天盖地

山河处处有你的脚迹

朝圣大军不请自来

你的精气神引万众景仰

农民因你走出贫困

在你的庇护下欢声笑语

你是医道，也是财气

占全球的超大份额

万方来朝，学人敬你

二十八年前泰兴金秋季

银杏全国冠军之乡

学人之家开泰萌生

学术的盛宴，从此启航

研究会所如雨后春笋

开遍山川大地

从此擎天树的英姿威名

擎天树的仁心医道

擎天树的财雄走势

牵动学人和千家万户的心

学术的盛宴，科学的精英

吹响技术推广的号角

推动产业发展的车轮

学术正年少，举丹笔

为擎天树重塑

一个别样的青春

沉默的基因

诗者眼里的沉默基因

是擎天树长寿的奥秘

是擎天御敌的万里长城

沉默是金，诛病毒于无形

人的沉默基因

是沉默调节蛋白

是人的长寿保护神

科学赞赏它们

对生命的沉默守护

科学反对它们

对生命守护的精进创新

却又沉默不语

植物和动物的沉默基因

有无可能比较研判

有无可能互补共进

这是热心人学来的浪漫句

用诗的呐喊和汗水

想为科学建言发声

外行的助威呐喊

是诗歌流下的汗水

这是因为诗者和学人

都有一颗追梦的心

写给银杏人

我们是银杏的追星人

你们是银杏的监护人

我们是银杏的追梦人

你们是银杏的工程兵

我们留下感动、靓影

你们留下辛勤、汗水

我们秋天来朝贺，冲着

满树金桃，踩遍地黄金

你们终年像工蜂，忙着

把擎天树打扮成财神

你们垒起乡村的绿色财富

你们输送城市的生态哨兵

城市的新鲜空气

有你们的一滴汗水

你们为银杏扮靓排兵布阵

城里人赶来跟银杏节攀亲

你们为乡村撑起绿色屏障

你们是乡村振兴绿色尖兵

你们是国树的播种人

你们是国树的守护人

你们像银杏一样

是坚韧刚强的化身

致银杏学人

科学在一百余年前叫赛先生

"赛"的译音在这里

却有了意想不到的欢喜

科学人捉摸世界的本底

也要有竞赛的底气

赛出风格，赛出成绩

银杏学人在实验室

为金色活化石奉献一生

倾情奉献，只为解开

活化石亿万年不朽的传奇

倾情奉献，只为解开

活化石馈赠人类的秘密

他们研读擎天树

把擎天树的坚韧和气度

深深埋藏在自己心里

他们心中自有大格局

金色活化石的大国

金色鲜活的科学之花

会开得更加鲜活艳丽

银杏文化

银杏舞台的幕布拉开

一棵树，一坝树，一地树

地球上处处有它的身影

它是自然财富的先驱

亿万年前就已崭露英姿

几千年前和人类联袂登台

从古至今在演一台

堆金叠玉的财富大戏

时间是红娘

让财富和文化联姻

文学敞开大门

诗歌亮开嗓门

艺术掏开园门

科技打开脑门

精神财富的花越开越茂盛

银杏文化如今靓装登台

财富牵手文化入戏

把亿万年的坚守

把几千年跟人类的和合

把所有的艰辛和眼泪

把所有的欢欣和笑靥

把所有的祝富和期许

演给银杏人和银杏朝圣人

请他们欢赏、判读和聆听

请他们高抬贵手

给银杏文化捺一个手印

给银杏文化树一个丰碑

千扇吟 [1]

看见你，轻摇蒲扇

摇看万千柄优雅的蒲扇

从浮来山款款走来

从禹夏走到今天

走到共和国的七十诞辰

五千年风雨路，依然

容颜未改，与青春同行

亿万年前，你刮起

阵阵侏罗纪的世界风

展亿万张绿扇，铺天盖地

铺满天海中飘逸的蓝星

傲岸江天，所向披靡

---

[1] 本诗原载于诗集《2020 地球号》，是该书唯一写银杏的诗，现一并收录于此。集银杏于一家，免受寂寞。

冰川运动大魔头，威风八面

想把你赶尽杀绝，而你

即使战殁了黄金甲

剩一副钢筋铁骨的躯干

也要和魔头拼到底

坚忍沉着，且战且退

最后，终于坚守在

筚路蓝缕的中华大地

从此你青衫薄履，风起处

千扇轻摇，信步神州

今日域中，谁不识你

一个已届五千岁的国之灵秀

把历史圈进你的年轮

把盘康迁殷的华夏

深藏在你幼年的记忆

只等后人去探矿，巡幽

曾记否，球花依依迭代

孔子在你的杏坛下

演绎过数百年的乱世春秋

曾记否，你峨冠博带

柔扇悠悠，花重大江南北

巡游华夏文明三千岁

一山一水皆骨血

一草一木都成秋

盛世，炎凉，杀伐，呼啸

埋进历史的沙砾

汉画像石留下你的身影

舞乐图嵌下你深深的脚印

儿女们由着自己的兴致

装饰打扮你，哄逗你，为你

永不谢幕的青春扮靓、助兴

国门前，你金戈铁马挺立

捍卫身后的八千里路云和月

海岸边，你是航标树

是远航渔人归来的指路灯

夏日炎炎，张开无数扇柄

把你荫蔽下的凉爽送给孩子

聆听他们把"鸣杏"闲吹

深秋踏着鸭掌步，蹒跚而行

把银色的果脯送给千家万户

儿女们促狭，起哄

要和你孔雀开屏，舒展风袖

羽扇上挂满凤果，金桃

儒士叫你公孙，要跟轩辕攀亲

善男把你请进佛门修炼

满身披挂佛指甲

菩提，圣树佛光炫耀

集万千宠爱于一身

国人赠送的雅号有一箩筐

刀枪不入的活化石

魔头见你，吓出一身冷汗

烟火毒疠见你，立马逃遁

这一身抗辐射的战袍

电磁波也要让你三分

对顽敌，金刚怒目

对儿女，奉献倾情

果入汤头也入药，一身是宝

你是韧之魂，国之树

五千年华夏衣钵，你见证

亿万儿女新时代举双臂

山呼海啸一个声音

国之树，千扇树

哪里有你的身影，威武挺拔

干扇变锁甲，辨敌情

哪里有你披挂黄金甲

儿女成行送你出征

一年一个轮回

卸了铁甲，遍地黄金

只为来年军情急

再厉兵秣马，把守国门

篇末语：为银杏立传及韵调诗

（一）

　　记得早年入读西北中学，初一下学期，突然从成都的旧皇城根搬到附近东鹅市巷的皇城清真寺，在一间临时教室上课。清真寺肃穆而安静。一跨进大门，我被两株高大挺拔的银杏树深深吸引了。幼小的心灵中，一种敬畏而又颇感亲切的情愫油然而生。这两株大银杏树，至今仍然挺立在天府广场西侧大道中央，车辆从两旁敬向绕行。年事稍长之后，去北京念书。在中国人民大学海运仓老校址内，我又见到了银杏树！真可谓如影随形，两相交会。回家乡工作后，发现银杏树在成都逐渐多了起来。银杏树成了市树，市区银杏大道、校园银杏大道遍布域中。电子科技大学的一千六百株银杏树，浩荡如银杏之海；四川大学的文华大道，也是一条蔚为壮观的银杏大道。我居住的楼前，也有几十株高大的银杏，近二十年来一直陪伴着我。真个是早也见，晚也见，风风雨雨二十年。说也巧，几年前有一次在银杏大道散步的时候，忽地一阵风刮来，银杏们一改平时肃穆静思的状态，大咧咧地躁动起来。其情其景，可谓千扇竞摇，要荡涤神州的样子。于是，我也"激荡"起来，一种舒展徜徉的心潮和千扇躁动的形声呼应。尔后，写的一首《千扇吟》发表后，总想再写点凤慕银杏的诗。于是从 2019 年起，我大量收集、查询有关银杏树的资料，陆续写起银杏诗来。

至于为银杏"立传"，纯粹是一个巧合。银杏诗写到一大半，有一天在银杏大道散步的时候，目睹望不到头的列阵银杏兵团，忽然想：人，可以立传；树，可不可以立传呢？人和树都有自己的生命轨迹，都有自己的经历。不同的是，树，自始至终站在原点不动；树，只有在风和雨揄弄下才会发声、说话，表达情感。它具有如苏东坡盛赞的"擎天一树"精神，它是我心中屹立不倒的金刚战士。为它立传，实至名随。以诗立传，则是我的"发明"。此"诗传"（zhuan）非彼"诗传"（chuan）：前者是传记，后者是《诗经》的注本或诗总集。以诗立传，只能依据有限的历史文萃和口碑来叙事抒情。诗传不要求像人文传记那样严谨细腻，不须"批量"抒情。

或许，这本《银杏诗传》，只是想向银杏人、银杏学人和银杏朝圣人挚切地表达作者的崇敬和厚望，希望银杏的"擎天精神"永远植根在我们心里。

（二）

我于 2020 年出版了诗集《2020 地球号》，在后记"别样的春天，别样的韵调诗"中，对韵调诗做了较详细的论述，这里不再重复。本书的创意，是把我对银杏的挚爱和感悟写出来，想跟银杏事业人和银杏追星人共享坚忍、创造和追梦的美好时光。本书是献给他们的，也是献给所有喜欢银杏的读者的。大家一起来做银杏追梦人吧！

我以为"诗传"最好的表达方式，由于叙事抒情长篇的需要，还是适合浅切、流畅和大体有韵的风格。韵是诗的律动的脉搏，有总比没有要好些，所谓"中听"是也。新诗的大众化表述方式，应有它的立足之地。"入骨""烧脑"的诗风，是诗的儒雅高地，自成一格，也是情理中事。但若以之装扮银杏，那只是象牙塔中的"极品"。无万大千的读者们，不能望梅止渴。作者的"浅切"诗风，或许不为大家们首肯，但只求为"大众化"留下一片小小的芳草地。

多年的读诗生涯中，我曾产生过一个疑问：在所有文学样式中，似乎现代诗的语词选择范围最逼仄。大家都在一锅流行语词中煎炒。难道现代诗就只能这样翻炒热词吗？成千上万的现代汉语词汇，它们在现代诗中难道就没有生存空间了吗？于是，我不揣冒昧，在诗稿中做了一些尝试。必要时，适度引入一些成语，特别是一些不常见的生词。我说的是适度引入，绝非大量引进（否则，岂不成了现代诗的杀手）。现代诗理应适当引进一些现代流行新语汇和旧词库中的"新"语汇，探求新诗的新、老词语渐进融入，让新诗衣橱中多一些衣饰，该有多好。总觉得走这一条路是对的。至于我的试验拙作好不好，那是另外一回事。这名义上是创新，我说实际上是念"旧"，别冷落了老祖宗给我们留下的丰厚词库。只要表词达意能成立，站得住，有味，让新诗的路多一些选项，打扮入时点，该有多好。还想申说一下的是，通过叙事抒情方式为银杏立"诗传"，或许只是我一个不太成熟的构想，只想探索一下，贻笑大方了。散文可以自由发挥，随心所写，它可以借助诗歌的韵律和意境，织成散文诗；而诗歌可不可以借来散文的特长，做成"诗散文"呢？即除了意境和韵律，也"自由发挥，随心所写"呢？我也试着探索了一下。你可以说那不就是散文诗嘛！不，还是有差别的。它不只是题材上的自由、随心选择，即除了传统和例行的叙事抒情形式外，可否用诗的架构来表达建议性或探索性的文字内容呢？我做了一些试探。例如，《颠倒的财富》《工艺屋》《许愿树》《把科学请进大门》《自洽、借光与共振》《诗说银杏》《沉默的基因》等。这些尝试有无意义，还有待观察。我非诗林中人，所论疏拙，方家或不值一哂，权当是可有可无的一点感悟吧。迂论多多，乃至书中或有错讹之处切望督正。

吴维民

2021 年 10 月